百味人生

周垚 著

中国华侨出版社
·北京·

图书在版编目（CIP）数据

百味人生 / 周垚著. -- 北京：中国华侨出版社，2024.6

ISBN 978-7-5113-9226-8

Ⅰ.①百… Ⅱ.①周… Ⅲ.①散文集－中国－当代 Ⅳ.①I267

中国国家版本馆 CIP 数据核字(2024)第 022410 号

百味人生

著　　者：周　垚
责任编辑：唐崇杰
封面设计：青年作家网
经　　销：新华书店
开　　本：880mm×1230mm　1/32 开　印张/ 4.75　字数/ 150 千字
印　　刷：三河市嵩川印刷有限公司
版　　次：2024 年 6 月第 1 版
印　　次：2024 年 6 月第 1 次印刷
书　　号：ISBN 978-7-5113-9226-8
定　　价：58.00 元

中国华侨出版社　北京市朝阳区西坝河东里 77 号楼底商 5 号
邮编：100028
发行部：(010) 64443051　传真：(010) 64439708
网址：www.oveaschin.com　E-mail：oveaschin@sina.com
如果发现印装质量问题，影响阅读，请与印刷厂联系调换。

序 言

人生如一场盛宴,
百味交织,缤纷多彩。
酸甜苦辣,喜怒哀乐,
构成了独特的人生画卷。

欢乐的时光,如阳光般灿烂,
温暖着心房,绽放出笑容。
悲伤的泪水,似雨丝般缠绵,
洗涤着灵魂,孕育着坚强。

爱的甜蜜,如蜜糖般醉人,
让人心驰神往,情意绵绵。
恨的苦涩,似黄连般难言,
让人深陷痛苦,渴望解脱。

梦想的翅膀,在心中翱翔,
追逐着远方的光明。

挫折的荆棘，刺痛了肌肤，
却磨砺了意志的锋芒。

岁月的河流，奔腾不息，
承载着人生的起伏。
回忆的涟漪，荡漾在心间，
唤起无尽的感慨与思索。

百味人生，是一场旅程，
有风景的美丽，也有坎坷的艰难。
用心去品味，用爱去包容，
才能领略其中的真谛与美妙。

在这百味的世界里，
我们都是主角，演绎着自己的故事。
让我们珍惜每一刻，
创造属于自己的精彩人生。

目　录

第一章　人　生

生　活	3
养　生	10
养　老	19
学　竹	21
知　水	23
悟　茶	25
懂　忍	27
修　为	29
做　人	31
做　事	34
交　友	36
用　人	38
谨　慎	40
想得开	42
看得惯	44

善用眼睛　　　　　　46

善用嘴巴　　　　　　48

人生账单　　　　　　50

成功密码　　　　　　52

坚守信念　　　　　　54

第二章　乡　愁

家　乡　　　　　　　57

老　屋　　　　　　　59

村　口　　　　　　　61

老　井　　　　　　　63

菜　园　　　　　　　65

耕　牛　　　　　　　67

蜜　蜂　　　　　　　69

小　溪　　　　　　　71

炊　烟　　　　　　　73

第三章　闲　谈

国　学　　　　　　　77

和　谐　　　　　　　79

孝　道	81
福　气	83
舍　得	85
命　运	89
汉　字	94
筷　子	97
合　作	100
加　油	102
机　会	103
企业家	105
知足常乐	108
十二生肖	110
着　装	114
财　富	116

第四章　爱　情

爱的旋律	119
爱的色彩	120
爱的力量	121
爱的旅程	122

爱的容颜	123
暗恋情诗	124
爱的静默	126
爱的隐喻	127
爱的藏头诗	128
爱的素描	129
爱的相思	130
爱的誓言	132

第五章 闲 话

跳 槽	135
坚 强	136
奋 斗	138
获 奖	139
成 功	140

第一章

人 生

人生是一场旅行，有欢笑，也有泪水；

有平坦的道路，也有崎岖的山路。

我们在人生的路上前行，追逐着梦想和希望。

有时会迷失方向，但心中的灯塔始终闪亮。

人生是一本书，每一页都写满了故事。

有喜悦，也有悲伤；有成功，也有失败。

我们在人生的书中阅读，领悟着生活的真谛。

用智慧和勇气书写未来，让生命的篇章更加精彩。

人生是一幅画，用色彩描绘出心情。

有明亮的色彩，也有暗淡的阴影。

我们在人生的画中创作，展现出独特的风格。

用心灵的笔触勾勒梦想，让画卷绽放出绚丽光芒。

人生是一首歌，有欢快的旋律，也有悠扬的节奏。

我们在人生的歌中歌唱，抒发着内心的情感。

用音乐的力量感染世界，让歌声传递爱与温暖。

人生多姿多彩，充满了无限可能。

让我们拥抱人生的美好，创造属于自己的辉煌。

生　活

幸福生活

阳光温暖着心房，

笑容在脸上绽放。

幸福的生活，

如此简单而美妙，

每一刻都充满了希望。

清晨的鸟鸣唤醒了梦，

睁开眼，世界如此明亮。

呼吸着清新的空气，

感受生命的活力与欢畅。

与家人分享温馨的时光，

笑声中洋溢着爱的芬芳。

朋友的陪伴，如同阳光般温暖，

彼此的支持,

让心灵不再孤单。

工作中的挑战成就了成长,

努力奋斗,追逐梦想的光芒。

每一次的收获都是努力的结果,

汗水与坚持铸就了幸福的模样。

欣赏大自然的美丽景色,

感受大地的恩赐与力量。

沐浴在阳光下,感受微风的轻抚,

心灵在这一刻得到了滋养。

感恩生活中的每一个瞬间,

珍惜拥有的一切,不再彷徨。

幸福生活,

是内心的宁静与满足,

在爱与关怀中,

永远绽放光芒。

第一章　人生

童年生活

童年，是一首欢快的歌，
跳跃的音符充满了快乐。
欢笑声在空气中荡漾，
无忧无虑的时光，如此美好。

阳光洒在绿草如茵的操场，
我们奔跑嬉戏，尽情玩耍。
纸飞机在天空中飞翔，
梦想也随着风远航。

教室里，书声琅琅，
知识的海洋任我们徜徉。
老师的教诲如明灯指引，
开启智慧的门窗。

放学后的小巷，充满了冒险，
与小伙伴们一起探索未知。

捉昆虫，摘果子，尽情嬉闹，
美好的回忆，永远珍藏。

童年的生活，纯真而无邪，
没有忧愁，没有烦恼。
每一个瞬间都闪耀着光芒，
成为生命中最珍贵的宝藏。

随着岁月的流逝，童年渐远，
但那份快乐永驻心间。
让我们保持一颗童心，
在生活中继续追逐那份纯真的喜悦。

婚姻生活

婚姻是座城堡，
用爱与理解构筑。
夫妻是城堡的主人，

共同守护着幸福。

岁月流转,情感沉淀,
相濡以沫,共享甘甜。
争吵与和解,
都是生活的乐曲,
奏响着婚姻的旋律。

厨房里的炊烟,温暖着家,
餐桌上的欢笑,温馨如画。
彼此扶持,走过风雨人生路,
共同创造,美好的未来。

孩子是爱的结晶,
他们带来无尽的欢乐与希望。
陪伴他们成长,是最大的幸福,
家庭的温暖,永远绽放光芒。

婚姻生活,
有甜蜜也有波澜,

但爱的火焰，永不熄灭。

在彼此的眼中，

看到永恒的温柔，

携手走过一生，

直到永远。

老年生活

岁月的脚步，轻盈而缓慢，

我们走进了老年的时光。

白发如银，皱纹似诗，

岁月的痕迹，见证了过往。

不再忙碌，放下了繁忙，

享受宁静，品味着生活的香。

回忆如酒，醇厚而珍贵，

与亲朋好友，共话家常。

清晨的阳光,温暖着脸庞,
漫步公园,感受大地的气息。
看孙辈成长,心中充满喜悦,
传承爱与智慧,是我们的使命。

阅读书籍,滋养心灵的花园,
绘画书法,展现内心的风采。
跳起舞蹈,放飞身心的翅膀,
老年生活,如诗如画的精彩。

不再追求功名利禄,
珍惜当下,感恩每一刻。
岁月悠悠,心境宁静,
晚年的生活,充满了平和。

夕阳西下,余晖映照着天际,
我们微笑着,迎接夜晚的到来。
在岁月的长河中,悠然自得,
老年生活,是美好的乐章。

养　生

养　生

养生之道，

如同细水长流，

滋养身心，

绽放生命的光芒。

在快节奏的世界里，

找到属于自己的宁静与安康。

饮食是养生的基础，

品味天然的食材，滋养身体。

蔬果的色彩，如彩虹般绚丽，

为我们注入活力与生机。

运动是养生的桥梁，

迈出坚定的步伐，迎接阳光。

第一章 人生

汗水挥洒，唤醒沉睡的力量，

让身体与心灵一同飞翔。

睡眠是养生的港湾，

沉浸在宁静的黑夜，修复疲惫。

甜甜的梦境，是心灵的旅程，

醒来时，焕发出新的活力。

心情是养生的调料，

抛开烦恼，

释放压力的包袱。

用微笑和宽容调味生活，

让心灵沐浴在温暖的阳光里。

养生，是一种生活的艺术，

呵护自己，

关爱身心的需要。

在时光的流转中，

活出健康与幸福的美好。

饮 食

饮食,是生活的滋味,
在舌尖上跳跃的音符。
每一口,都是一种享受,
滋养着身体和灵魂。

美食的世界,五彩斑斓,
香气扑鼻,诱惑着我们的感官。
品味着酸甜苦辣,
感受着丰富的味道体验。

蔬菜水果,清新的馈赠,
大自然的礼物,充满生机。
谷物肉类,给予力量,
营养均衡,健康的基础。

烹饪的艺术,匠心独运,
用热情和创意调制美味。

刀叉之间，展现品味，
共享美食，增添欢乐氛围。

饮食，不仅是口腹之欲，
更是一种文化和传统的传承。
在餐桌上，我们交流情感，
分享着爱与温暖的时刻。

珍惜每一口，感恩生活的赐予，
饮食，是我们与世界的连接。
用美食滋养身心，
让生活更加丰富和美好。

运 动

运动，是生命的律动，
心跳的节拍，奏响活力的旋律。
汗水挥洒，热情燃烧，

身体在运动中绽放光彩。

脚步轻盈,如同飞翔的鸟儿,
跑步的轨迹,划出美丽的弧线。
汗水滴落,滋润着大地,
坚持的力量,让我们超越自我。

球场上的较量,激情四溢,
团队的协作,创造胜利的辉煌。
每一次跳跃,都是挑战的飞跃,
每一次突破,都是成长的见证。

运动,让我们释放压力,
抛开烦恼,迎接阳光的拥抱。
呼吸着新鲜的空气,
感受着身体的力量与活力。

运动,是健康的源泉,
是心灵的良药,让我们更加坚强。
无论年龄,无论性别,

运动让我们展现最真实的自我。

让我们奔跑在运动的道路上,

追逐梦想的光芒。

用汗水书写辉煌,

用坚持铸就健康的城墙。

健　康

健康,是生命的宝藏,

璀璨如星辰,闪耀在我们身上,

它是活力的源泉,

流淌在我们的每一个细胞。

健康,是清晨的阳光,

温暖而明亮,照亮我们的心房,

它是微风中的花朵轻轻摇曳,

散发着芬芳。

健康,是奔跑的脚步,

追逐梦想的轨迹,

不断前行,

它是跳跃的音符,

奏响生命的旋律,充满激情。

我们要珍惜健康,

用关爱和微笑,滋润它的成长。

我们要呵护健康,

让它成为我们最坚实的城墙。

因为健康,我们才能拥抱世界,

感受大自然的美丽和神奇。

因为健康,我们才能追逐梦想,

展现无限的可能和希望。

所以,让我们守护健康。

让它永远陪伴在我们身旁,

在健康的道路上,

我们将迎来美好的明天和辉煌。

微 笑

微笑是心灵的阳光,
温暖着每一个角落。
它是无声的语言,
传递着爱与和善。

微笑是花朵的绽放,
散发着迷人的芬芳。
它是春天的使者,
带来了希望与生机。

微笑是一种力量,
能够化解忧愁和悲伤。
它是心灵的慰藉,
让我们变得坚强。

微笑是友谊的桥梁,
连接着彼此的心灵。

它是沟通的纽带，
拉近了人与人的距离。

微笑是生命的旋律，
奏响着幸福的乐章。
它是生活的艺术，
让世界充满阳光。

无论何时何地，
让我们面带微笑。
用微笑改变世界，
让爱永远绽放光芒。

养 老

岁月匆匆,时光荏苒,
我们步入养老的时光。
白发苍苍,心境悠然,
品味生活的恬淡与安宁。

不再忙碌,放下繁忙,
享受宁静,细品茶香。
回忆往昔,笑声回荡,
与伴侣携手共赏夕阳。

清晨的阳光,温暖心房,
漫步庭院,感受自然的美好。
鸟儿歌唱,花儿绽放,
这是生命的礼物,不容错过。

与老友相聚,共话当年,

分享故事,感受真情的温暖。
子孙围绕,天伦之乐,
幸福的时光,永远难忘。

养老并非终点,而是新篇,
用心去爱,用笑去填。
珍惜每一天,活得精彩,
让晚年如诗,绽放光彩。

岁月悠长,心境宽广,
养老的生活,如酒醇香。
在宁静中找到内心的归宿,
享受人生的最后一章。

学 竹

在风雨中屹立,
坚韧不拔的姿态。
学竹的谦逊,
低头默默成长。

节节高升,志向高远,
内心的力量无穷无尽。
像竹一样坚守,
等待时机的到来。

学竹的宽容,
包容万物的存在。
与自然和谐共处,
感受大地的温暖。

风吹不倒,雨打不垮,

坚韧的品质磨砺而成。

学竹的智慧,

在岁月中沉淀。

竹影摇曳,诗意盎然,

用笔墨描绘它的风采。

学竹的艺术,

创造属于自己的传奇。

以竹为师,追求卓越,

在成长的路上不断前行。

学竹的精神,

书写人生的华章。

知 水

水,清澈如镜,
映照着世间万物。
它无声地流淌,
讲述着生命的故事。

一滴水,蕴含着无尽的力量,
汇聚成河,奔腾不息。
水的温柔与坚韧,
令人惊叹不已。

知水,感受它的灵动,
聆听它的声音。
在水中,我们找到了宁静,
也找到了内心的答案。

水,滋养着大地,

孕育着生命的奇迹。

它的无私与宽容,

给予我们无尽的启示。

知水,珍惜它的珍贵,

保护它的纯净。

让水的美丽永远流传,

与自然和谐共生。

水,是生命的源泉,

也是心灵的寄托。

在知水的旅程中,

我们领悟生命的真谛。

悟 茶

在喧嚣的世界里,
寻一片宁静的角落。
泡一杯香醇的茶,
让心灵得到片刻的停泊。

观察茶叶的起伏,
品味茶香的清幽。
感受茶汤的温暖,
领悟人生的沉浮。

茶,是一种艺术,
需要用心去品味。
茶,是一种哲学,
蕴含着生活的智慧。

与朋友分享茶香,

畅谈天下事。
或者独自品味，
思考内心的声音。

悟茶，悟人生，
在茶香中寻找自我。
放下烦恼与疲惫，
用平静的心面对生活。

让茶成为心灵的伴侣，
陪伴我们走过人生的旅程。
在悟茶的时光里，
感悟生命的美好与宁静。

懂 忍

在喧嚣的世界中徘徊,
面对生活的种种挑战。
心中懂得忍的力量,
让宽容与忍耐相伴。

忍是一种智慧的选择,
避免冲动带来的后悔。
在愤怒与冲突面前,
忍是平息波澜的法宝。

忍是一种修炼的过程,
磨砺意志,提升品格。
承受压力,经受挫折,
忍是成长的必经之路。

忍是一种爱的表达,

宽容他人，化解矛盾。
用忍换取和谐与理解，
让世界充满温暖与宽容。

懂忍的人拥有宁静的心，
不被外界干扰与搅动。
在忍耐中培养耐心与坚韧，
迎接生活的起起落落。

忍不是懦弱，而是坚强，
忍不是逃避，而是面对。
在懂忍的道路上坚定前行，
用宽容书写美好的人生。

修 为

在岁月的长河中徘徊,
探索内心的修为之路。
磨砺自己,超越自我,
追求心灵的成长与进步。

修为是一种沉淀,
积累智慧,摒弃浮躁。
在喧嚣中守住宁静,
在繁华中保持清醒。

修为是一种磨砺,
挑战困难,勇敢前行。
不断超越自我的极限,
挖掘内心深处的力量。

修为是一种领悟,

洞察生命的真谛与美好。
用爱与宽容对待他人，
用善良与真诚感染世界。

修为是一种境界，
超越世俗的纷扰与喧嚣。
追求内心的平静与和谐，
成就更高层次的自己。

在修为的道路上，
不断反思，不断成长。
用汗水浇灌希望的种子，
用努力绽放梦想的花朵。

修为，是一生的追求，
是心灵的旅程。
让我们怀揣着修为的信念，
走向更加美好的未来。

做 人

做人如行路,

一步一个脚印。

踏实而坚定,

向着目标前行。

做人要有诚信,

言出必行,信守承诺。

以真诚待人,

才能赢得他人的尊重。

做人要有善良,

心怀爱意,乐于助人。

用温暖的微笑,

传递正能量给世界。

做人要有宽容,

包容他人的过错与不足。

以理解和原谅,

化解矛盾与纷争。

做人要有勇气,

面对困难,勇往直前。

不怕失败,敢于尝试,

追求梦想不放弃。

做人要有智慧,

不断学习,开阔视野。

用智慧的光芒,

照亮人生的道路。

做人要有责任,

对自己和他人负责。

承担起应尽的义务,

创造更美好的世界。

做人,不追求完美,

但要努力做一个真实的自己。

用善良、宽容、勇气和智慧，

书写人生的精彩篇章。

做　事

做事，需专注与执着，

心无旁骛，倾注全力。

每一个细节，都不容忽视，

追求卓越，永不止步。

目标在前方，道路或崎岖，

坚持信念，砥砺前行。

用汗水浇灌希望的种子，

让努力绽放成功的花朵。

做事，要有计划和策略，

明确方向，步步为营。

灵活应对变化，不断调整，

勇往直前，迎接挑战。

与人合作，团队的力量无穷，

携手共进,共创辉煌。

分享智慧,相互支持,

共同的目标,一起追逐。

做事,不仅是完成任务,

更是成长和提升的过程。

积累经验,不断学习,

追求更好的自己。

无论大小,

认真对待每一件事,

用心去做,不留遗憾。

做事的意义,

在于付出和创造,

让世界因我们而更加美好。

交 友

交友如品茶,
品味人生的香醇。
以心相交,真诚为本,
友谊之花绽放芬芳。

相遇是缘,相知是福,
朋友的陪伴温暖如阳。
在欢笑与泪水中,
共同书写美好篇章。

倾听彼此的心声,
分享生活的喜怒哀乐。
互相支持,鼓励成长,
友谊的纽带紧密相连。

交友不分贵贱,

真心待人最珍贵。

用宽容与理解,

化解矛盾,增进情感。

朋友是一面镜子,

反映出真实的自己。

在交往中不断提升,

共同追求梦想的轨迹。

交友如艺术,

需要用心去经营。

珍惜友情,天长地久,

朋友相伴,人生无悔。

用 人

用人如用兵,
策略在心中。
选才需谨慎,
眼光要独精。

能力与品德,
二者不可轻。
才华出众者,
用之能成功。

给予信任与空间,
让其自由展翅膀。
激励与培养并重,
共同成长前途亮。

用人如用器,

应视其所长。

合理安排岗位，

发挥最大力量。

团队合作如拼图，

互补互促创辉煌。

用人之妙谛，

智慧之光芒。

用人亦育人，

传承优良风。

培养新一代，

事业永传承。

谨 慎

在人生的道路上,

谨慎是一盏明灯。

它指引我们前行,

避免迷雾和陷阱。

每一个决定,

每一个行动,

都需要谨慎思考。

不盲目冲动,不草率行事,

谨慎让我们远离错误的轨道。

言语如箭,出口须谨慎,

以免伤害他人的心。

行动似风,举止要谨慎,

以免引起不必要的纷争。

谨慎不是胆怯,而是智慧,
它让我们看得更清晰。
谨慎不是犹豫,而是负责,
它让我们走得更稳当。

在喧嚣的世界中保持谨慎,
不被浮躁所左右。
在复杂的环境中坚守谨慎,
不被诱惑所迷惑。

谨慎是一种品质,
值得我们用心去培养。
让谨慎成为我们的伴侣,
走向成功的彼岸。

想得开

生活如同舞台,
演绎着悲欢与离合。
遇事想得开,
笑容才能常挂嘴角。

烦恼如同乌云,
总会有消散的时候。
心宽想得开,
阳光才能照进心田。

挫折如同绊脚石,
跨过它前路更宽广。
积极想得开,
希望才能在前方等待。

忧愁如同锁链,

锁住快乐让人疲惫。

释然想得开,

自由的翅膀才能翱翔。

想得开,放得下,

珍惜当下的美好。

不纠结,不烦恼,

让心灵沐浴在阳光下。

用宽容的心对待世界,

用乐观的态度面对生活。

想得开的人生,

处处是风景。

看得惯

世界如此多彩,

万物各有姿态。

人与人的差异,

是生活的色彩。

有些人快,有些人慢;

有些人高,有些人矮。

每个人都有自己的路,

无须比较,无须评判。

看得惯不同的观点,

尊重他人的选择。

用宽容的眼光看待世界,

让心灵更加宽广。

不要因为一点小事,

就心生怨恨与不满。

放下偏见，学会理解，

生活会更加美好。

看得惯，是一种境界，

让我们拥有平和的心态。

在纷繁复杂的世界中，

保持内心的宁静与和谐。

用爱去包容，

用善去对待，

让看得惯成为一种习惯。

这样的人生，

才会充满阳光与温暖。

善用眼睛

在这个缤纷的世界里,
眼睛是心灵的窗户。
它们带我们领略美景,
也让我们感受喜怒哀乐。

然而,眼睛也容易被迷惑,
被纷繁的表象所困扰。
我们要善用自己的眼睛,
不被虚幻所蒙蔽。

用智慧之光点亮眼睛,
看清事物的本质与真相。
不被表面的繁华所迷惑,
追求内心的真正宁静。

善用眼睛,远离喧嚣,

关注真正重要的东西。

用心去感受生活的美好，

不被外界的干扰所左右。

让眼睛成为心灵的指南，

引导我们走向正确的方向。

在纷繁复杂的世界中，

保持清醒的目光。

善用嘴巴

嘴巴,是言语的门户,
也是情感的流露。
但善用嘴巴,是一种智慧,
需要我们时刻留意。

说话之前,思考片刻,
不要冲动,不要轻率。
用理智驾驭言语的缰绳,
避免伤害和误解的产生。

善用嘴巴,尊重他人,
不轻易批评,不随意指责。
用温和的语气表达观点,
用善良的心传递温暖。

沉默是金,也是一种力量,

在适当的时候保持沉默。
倾听他人的声音，
让交流更加顺畅。

善用嘴巴，珍惜言语的力量，
用它来鼓励，用它来赞美。
让每一句话都成为礼物，
给予他人希望和勇气。

嘴巴是心灵的窗口，
善用嘴巴，守护心灵的宁静。
用真诚和善意沟通世界，
让生活充满和谐与美好。

人生账单

人生是一本厚厚的账单，

记录着我们的每一次付出与收获。

岁月是一位严厉的审计师，

核对着我们的每一个选择和决定。

我们用时间和努力支付，

期待着梦想的实现和幸福的回报。

但有时账单上的数字并不如我们所愿，

付出与收获似乎并不成正比。

在人生的道路上，

我们会遇到各种各样的挑战和困难。

这是账单上的额外费用，

但也是成长和磨砺的机会。

每一次的经历都是一种财富，

每一个挫折都是一次宝贵的教训。

我们在账单中学会珍惜,

明白生活的真正价值。

不要只看眼前的盈亏,

而是要看长远的效益。

人生的账单没有固定的算法,

只有用心去经营和算计。

所以,无论账单的结果如何,

都要勇敢面对,积极努力。

因为最终的结算,

将是我们内心的满足和无悔。

成功密码

成功的密码,藏在坚持的背后,

每一步的努力,都是解开密码的关键。

梦想如灯塔,照亮前行的方向,

勇气似利剑,斩断路途的荆棘。

失败是磨砺,让我们更加坚强,

挫折是考验,见证成长的足迹。

智慧的火花,在思考中迸发,

创新的力量,推动着时代的进步。

团队的协作,汇聚众人的智慧,

共同的目标,引领我们向前奋进。

热情是动力,点燃内心的火焰,

执着是信念,支撑我们穿越风浪。

成功的密码,并非神秘莫测,
它就在我们的心中,等待着被唤醒。

用汗水浇灌,用努力铸就,
开启成功之门,创造属于自己的辉煌。

坚守信念

信念如灯塔，照亮前行的路，
在黑暗中给予我们方向。
无论风雨如何，它都屹立不倒，
指引我们追逐梦想的脚步。

信念是力量，让我们勇往直前，
跨越困难，挑战自我。
它是心中燃烧的火焰，
激发无限的潜能和勇气。

信念是希望，绽放在心灵深处，
在困境中给予我们坚持的理由。
它让我们相信未来会更美好，
努力奋斗，永不放弃。

第二章

乡　愁

故乡在远方，如梦如幻，乡愁在心中，如诗如画。

那熟悉的山水，那亲切的面容，在岁月深处，永不褪色。

乡愁是一首古老的歌谣，唱着故乡的明月和清风。

乡愁是一抹淡淡的忧伤，萦绕在心头，挥之不去。

漂泊的日子里，乡愁如影随形，像一杯醇酒，越陈越香。

故乡的田野，金黄的麦浪，故乡的炊烟，温暖的港湾。

归期如梦，遥不可及，思念如潮水，涌上心头。

乡愁啊，是我心中的永恒，无论何时何地，都难以割舍。

故乡啊，你是我的根，我是你放飞的风筝。

那长长的线，连着血脉，永远无法割断的情感。

乡愁，是对故乡的眷恋，是对亲人的思念。

让我们用文字拼凑出故乡的模样，为心灵找到慰藉。

家　乡

家乡，是一幅美丽的画，
用五彩的颜色绘出我心中的温暖。
青山绿水，是她的背景，
田野炊烟，是她的装点。

家乡，是一首动听的歌，
用悠扬的旋律唱出我心中的思念。
鸟鸣蛙叫，是她的音符，
乡音乡情，是她的歌词。

家乡，是一本厚厚的书，
用无尽的故事写出我心中的眷恋。
古老传说，是她的篇章，
先人足迹，是她的记载。

家乡，是我永远的港湾，

无论我走到哪里,都将她怀念。

她是我心中的明灯,

照亮我前行的方向。

家乡,我的家乡,

那片熟悉的土地,

是我永远的根,

是我永远的梦乡。

老 屋

老屋沉默地立在那里,
岁月在它身上留下痕迹。
斑驳的墙壁,破旧的门窗,
诉说着曾经的沧桑。

那是我成长的地方,
充满了欢声笑语和温暖。
如今,人去屋空,
只剩下回忆在心中缠绕。

老屋见证了家族的兴衰,
承载着无数的故事和情感。
每一块石头,每一根梁柱,
都有着无法言说的厚重。

我静静地站在老屋前,

感受着它的气息和力量。

虽然它已不再年轻,

但它的存在让我感到心安。

老屋,是我心中的避风港,

永远的家园。

即使时光流转,

我依然会将它怀念。

村　口

村口，是故乡的门户，
承载着岁月的记忆。
那里有古老的石桥，
见证了无数的离别和相聚。

村口，是亲情的守望，
母亲的目光透过斑驳的树荫。
父亲的烟斗在黄昏里闪烁，
孩子们的笑声在田野间回荡。

村口，是梦想的起点，
年轻的脚步踏出乡村的土地。
带着希望和憧憬，
去追逐远方的星辰。

岁月流转，村口依旧，

石头上刻着故乡的名字。

无论风雨如何侵蚀，

它永远是心灵的归宿。

村口，是一道风景，

也是一种情感的寄托。

在时光的长河中，

绽放着永恒的温暖。

老 井

老井,静默在村头,

宛如一位智者,

守望岁月的流转。

井水清澈,倒映着天空,

汲取着大地的精华,

滋养着一方生灵。

井口的边缘,布满青苔,

那是时光的痕迹,

也是生命的印记。

绳索在辘轳上缠绕,

吱呀声中,水桶起落。

一桶桶清水,滋润着人们的生活,

也孕育着希望与梦想。

老井,见证了村庄的兴衰,

承载着乡亲们的辛勤与汗水。

炎炎夏日,井水带来清凉,

寒冬腊月,井水温暖心房。

时光荏苒,老井依旧,

它是故乡的符号,永远镌刻在心中。

无论走多远,那口老井,

都是我心灵的归宿,永恒的家园。

菜 园

在故乡的角落,

有一片妈妈的菜园。

青菜、白菜、萝卜,

它们在阳光下欢舞,

绿意盎然。

妈妈的身影,

在菜园中忙碌。

她细心照料每一株幼苗,

浇水、施肥、除虫,

期待着丰收的喜悦。

这里充满生机和希望,

没有尘世的喧嚣。

风儿轻轻拂过,

带来自然的芬芳。

这片菜园,

是妈妈的心血。

她用爱播种,

孕育着生命的力量。

家乡的菜园,

如诗如画。

它是我们的宝藏,

装满了妈妈的勤劳。

耕 牛

在希望的田野上,

耕牛迈着沉稳的步伐。

它的身影,

在阳光下拉出长长的影子。

耕牛,辛勤的劳动者,

默默地耕耘着土地。

它的汗水,

滋润着每一寸泥土。

春播时节,

它奋力拉犁,

翻开沉睡的大地。

秋收季节,

它驮着丰收的果实,

分享着人们的喜悦。

它的眼神,

透着坚韧和忠诚。

它的力量,

来自对土地的热爱。

耕牛,古老的伙伴,

与人类共同创造美好。

它的存在,

让我们感受到生命的力量。

蜜 蜂

家乡的蜜蜂,

小巧而勤劳,

在花丛中飞舞,

采集甜蜜的宝藏。

它们的翅膀闪烁着光芒,

像精灵一样,

带来生机与希望。

家乡的田野,

因蜜蜂而生机勃勃,

花儿绽放,

散发出迷人的芬芳。

蜜蜂的歌声,

在空气中飘荡,

诉说着对大自然的热爱与感恩。

看着它们忙碌的身影,

我心中涌起一股温暖的情感。

家乡的蜜蜂,

是我童年的伙伴,

它们教会了我勤劳与团结的意义。

无论我走到哪里,

它们是我心中最珍贵的记忆。

小　溪

家乡的小溪，

潺潺流淌，穿越时光的隧道。

它是童年的伙伴，

陪伴我度过快乐的日子。

小溪清澈见底，

鱼儿在水中嬉戏。

岸边的青草随风摇曳，

仿佛在向我招手。

清晨，阳光洒在溪面上，

波光粼粼，如梦如幻。

傍晚，夕阳的余晖映照着，

小溪宛如金色的绸带。

我爱家乡的小溪，

它是我心中永远的牵挂。

无论走到哪里,

它的歌声都在我耳边回荡。

小溪见证了家乡的变迁,

岁月的痕迹刻在它的身上。

但它依然静静地流淌,

为家乡增添一抹生机与活力。

家乡的小溪,

是我心灵的净土。

它带给我无尽的欢乐,

也让我感受到大自然的魅力。

炊 烟

家乡的炊烟,

是一幅淡淡的水墨画。

在青山绿水中,

袅袅升起。

它是母亲的召唤,

是温暖的港湾。

那熟悉的味道,让我陶醉。

炊烟穿过树林,

与云朵相拥。

它诉说着家乡的故事,

传递着亲情的温度。

夕阳西下,炊烟渐浓,

古老的村庄,宁静而祥和。

我站在远方,凝望着炊烟,

心中充满了思念和眷恋。

家乡的炊烟,

是我永远的牵挂。

无论走到哪里,

它都是我心中最美的风景。

第三章

闲 谈

三五好友，围坐一堂，谈天说地，笑语欢声。
话题随心，漫无边际，生活点滴，皆成谈资。

谈人生，起伏如波澜，梦想追逐，未曾停歇。
生活多彩，苦乐交织，故事分享，情感交织。

谈生活，琐碎与繁忙，柴米油盐，亦有乐趣。
家庭温馨，友情珍贵，点滴幸福，汇聚心间。

谈天地，广阔无垠，自然奥秘，令人惊叹。
星辰闪烁，风云变幻，世界之大，思维翱翔。

闲谈时光，轻松愉快，心灵碰撞，智慧火花。
无须拘束，畅所欲言，友谊加深，共享美好。

在闲谈中，品味人生百态。
在交流中，领悟生活真谛。

国　学

在时光的长河中徘徊,

探寻着国学的深邃与辉煌。

它是智慧的结晶,

闪耀着千年的光芒。

从古老的典籍里汲取营养,

感悟着先贤的教诲与启示。

儒家的仁义礼智信,

道家的无为而治,

墨家的兼爱非攻,

法家的严刑峻法。

诗词歌赋,琴棋书画,

蕴含着无尽的美妙与神韵。

汉字的魅力,语言的韵味,

传承着中华文化的博大精深。

国学，是我们的精神家园，

让我们在纷繁的世界中找到归属。

它教会我们做人的道理，

指引我们走向真善美的彼岸。

让我们怀揣着国学的瑰宝，

传承中华民族的优秀传统。

在国学的海洋中遨游，

感受它的力量与温暖。

和 谐

和谐是晨曦中鸟儿的欢歌,

唱响生命的旋律,

唤醒沉睡的世界。

和谐是微风轻拂下的绿草如茵,

舞动着生机与活力,

装点大地的画卷。

和谐是人们脸上绽放的笑容,

传递着温暖与善意,

拉近彼此的距离。

和谐是家庭里的温馨与和睦,

长辈关爱晚辈,

夫妻相濡以沫。

和谐是社会中的公平与正义,

人人享有平等,

处处充满阳光。

和谐是国家间的友好与合作,

共同发展进步,

开创美好未来。

和谐是大自然的恩赐与呵护,

蓝天白云,青山绿水,

滋养着万物生灵。

让我们共同追求和谐的境界,

用爱与包容浇灌心灵的花园。

在和谐的怀抱中,

绽放生命的光芒,

创造一个更加美好的明天。

孝 道

孝道,是传统美德,

如同一盏明灯,

照亮人生的道路。

父母的养育之恩,

如同春日的阳光,

温暖着我们的心田,

滋养着我们成长。

儿时,他们默默付出,

无私奉献,

用爱为我们筑起温馨的港湾。

岁月流逝,

他们的容颜渐老,

我们应以孝行回报,

陪伴他们身旁。

孝道，不仅是物质的供养，

更是心灵的关怀，

真情的表达。

一句问候，一个拥抱，

让他们感受到我们的关爱与陪伴。

孝道，是一种责任，

也是一种幸福，

在尽孝的过程中，

我们体会到亲情的珍贵。

让我们用行动诠释孝道的真谛，

为父母撑起一片温馨的天空。

传承孝道，

让爱永远延续，

在世间绽放出最美的花朵。

福 气

福气,宛如清晨第一线曙光,
柔和且温暖,照亮人生的方向。
它是微笑中盛开的花朵,
散发着幸福的馥郁芬芳。

福气,犹如善良的种子,
于爱的润土中茁壮成长。
施与他人援手,收获欢乐,
让世间洋溢爱的光芒。

福气,乃健康的体魄,
充满活力,蕴藏无尽希望。
体悟生命的美好,追逐梦想,
尽情拥抱每一个精彩时光。

福气,是心灵的宁静,

在喧嚣中寻觅内心的避风港。
远离烦恼,拥抱平和,
感悟世界的奇妙与神往。

福气,源自与亲友的共享欢乐,
源自陪伴与理解的温馨。
珍惜每个瞬间,感恩有你,
福气在岁月中绵延不绝。

无论贫富,不分贵贱,
福气属于每个善良的心灵。
用心感受,用爱传递,
让福气永远伴我们砥砺前行。

舍 得

（一）

舍得是一种智慧，

放下烦琐，拥抱简约。

舍得是一种勇气，

舍弃安逸，迎接挑战。

舍得是一种境界，

舍去浮华，追求本真。

舍得是一种胸怀，

抛弃狭隘，拥有宽广。

舍得是一种成长，

放下过去，迈向未来。

舍得是一种给予，

舍去拥有，收获快乐。

在舍得之间，

我们找到平衡与和谐。

舍去烦恼，得到宁静。

舍去执念,得到自由。

舍得,并非失去,

而是更好地拥有。

在舍得的道路上,我们遇见更好的自己。

(二)

有舍才有得,

如同黑夜迎来黎明的曙光。

舍去烦恼与忧虑,

得到内心的宁静与自在。

舍得微笑与宽容,

收获友谊与爱的力量。

放下过去的痛苦,

拥抱未来的希望与梦想。

舍得是一种勇气,

面对困难,选择放下。

舍得是一种智慧,

明白何时坚持,何时放手。

舍去物质的追求,

得到精神的富足。

舍得自私的欲望，

拥有无私的爱心。

在舍得的旅途中，

我们成长，我们领悟。

舍去束缚，得到自由。

舍得短暂，得到永恒。

舍得，是生命的艺术，

用舍与得绘出美好的人生画卷。

（三）

舍得是一场智慧的选择，

放下与拿起间的微妙平衡。

舍去浮华虚荣的诱惑，

得到内心深处的宁静。

舍得是一种勇敢的放弃，

离开舒适圈去追寻梦想。

舍掉对过去的执念，

获得未来无限的可能。

舍得是一份无私的给予，

奉献爱与关怀不求回报。

舍去计较与怨恨，

收获宽容与感恩的心。

舍得是一种生活的艺术，

懂得舍弃才能更好地拥有。

舍下琐碎烦恼的困扰，

迎接简单快乐的美好。

在舍得的道路上，

我们发现真正的价值与意义。

舍去束缚，拥抱自由，

舍得即收获，人生更精彩。

命 运

（一）

命运是一条未知的路，

蜿蜒曲折，通向何方。

我们在路上徘徊，

追寻着梦想的光芒。

有时，命运如狂风骤雨，

袭击我们脆弱的心灵。

但我们要紧握希望，坚信风暴过后会有彩虹。

命运是一张无形的网，

交织着喜怒哀乐。

我们在网中挣扎，

寻找着属于自己的方向。

每一个选择都是关键，

每一个决定都影响未来。

我们要勇敢面对，

用努力和坚持书写命运的篇章。

命运并非注定不可改变,
我们有力量塑造自己的人生。
无论前方有多少艰难险阻,
我们都要坚定地向前迈进。

因为,命运属于我们自己,
用双手创造出美好的明天。

(二)
命运是一场未知的旅行,
没有预设的路线和终点。
我们在迷雾中摸索前行,
不知道下一个转角会遇见什么。

命运的骰子不停转动,
抛出无法预料的结果。

有时我们顺风顺水,

有时却陷入困境。

不确定性让人心生恐惧,

也带来无限的可能。

我们在其中寻找答案,

试图解开命运的谜题。

然而,命运并非完全无法掌控,

我们的选择和努力能改变轨迹。

每一个决定都是一次转折,

每一次行动都影响着未来。

在命运的舞台上,

我们是主角也是导演。

用勇气和智慧塑造角色,

演绎出属于自己的精彩。

无论命运如何变幻莫测,

我们都要坚定信念,

勇往直前。

相信自己的能力和价值,

在不确定中创造出确定的人生。

（三）

命运是大海上的一叶孤舟，

在波涛中起伏漂荡。

风是它的向导，

浪是它的伙伴。

有时它驶向光明的彼岸，

有时又陷入黑暗的漩涡。

命运是天空中的一只飞鸟，

在蓝天下自由翱翔。

云是它的旅伴，

风是它的助力。

它穿越风雨，追逐阳光，

寻找着温暖的栖息地。

命运是人生的舞台，

我们是主角也是观众。

演绎着悲欢离合,
体验着酸甜苦辣。
我们无法掌控所有的情节,
但可以用勇气和智慧书写精彩。

命运如谜,充满变数与惊喜,
等待我们去解开它的密码。
无论好坏,都是成长的磨砺,
让我们拥抱命运的起伏,
绽放生命的光芒。

百味人生

汉 字

（一）

汉字，古老而神秘的符号，

承载着千年的智慧与情感。

它们像灵动的舞者，

在纸上跳跃，展现无穷的魅力。

每一个笔画，都是一次倾诉；

每一个字，都是一个故事。

汉字，是时间的见证者，

记录着历史的沧桑与辉煌。

它们如同繁星闪烁，

照亮了文化的长河。

从甲骨文到楷书，

汉字的演变，

如同生命的成长。

它们蕴含着祖先的智慧，

传承着民族的精神。

阅读汉字,如同与古人对话,
感受着他们的喜怒哀乐。
书写汉字,是一种表达,
也是一种心灵的寄托。

汉字,是美的艺术,
有着独特的韵味和风格。
它们或刚劲有力,或柔美婉转,
或潇洒飘逸,或端庄秀丽。

汉字,是中华民族的瑰宝,
是我们与世界沟通的桥梁。
让我们珍惜这珍贵的财富,
用汉字书写美好的未来。

(二)

汉字,中华文化的瑰宝,

传承千年,熠熠生辉。

它们是历史的见证,

承载着古人的智慧与情感。

在横竖撇捺中,

蕴含着无尽的奥秘。

父母传给孩子,

老师教给学生,

汉字的传承,永不停息。

一笔一画,书写着民族的精神;

一字一句,传递着文明的力量。

汉字,如同火炬,

照亮我们前行的道路。

传承汉字,

就是传承文化,

让中华之光,永远照耀世界。

筷　子

（一）

筷子，成双成对，

承载着无尽的情感与记忆。

它们轻轻舞动，

夹起生活的滋味。

在餐桌上，它们是主角，

传递着温暖与和谐。

筷子，是家的象征，

团圆的时刻，它们陪伴左右。

夹起的不仅是美食，

更是浓浓的亲情。

它们见证了欢笑与泪水，

分享了幸福与忧愁。

筷子，如此简单而神奇，

它们的存在,

让生活更有意义。

无论身在何处,

筷子总能唤起家的思念。

让我们紧握筷子,

品味生活的美好与珍贵。

(二)

一双筷子,拿在手中,

看似简单,

却蕴含着做人的道理。

筷子一头圆,一头方,

代表着天圆地方。

做人要懂规矩,

有原则,方能行得正,坐得端。

筷子两根一般长,

使用时相互配合。

做人要学会合作,

互帮互助,才能共同进步。

用筷子夹菜,力度要适中,
太轻夹不住,太重会散落。
做人要把握分寸,
张弛有度,才能游刃有余。

筷子默默无闻,
却不可或缺。
做人要踏实本分,
做好自己,不必刻意追求名利。

筷子可以品尝各种滋味,
酸甜苦辣,尽在其中。
做人要有包容心,
体验生活,笑对人生百态。

小小筷子,大大智慧。
做人的道理,
就在这平凡的物件中。

合 作

合作是心灵的契合，

是力量的汇聚。

在合作的海洋里，

我们共同扬帆起航。

手牵手，心贴心，

朝着同一个目标前进。

分享智慧，分担困难，

一起创造奇迹。

合作是信任的桥梁，

是团结的象征。

在合作的天空下，

我们共同展翅翱翔。

彼此支持，相互鼓励，

为了共同的梦想奋斗。

放弃偏见，放下自私，

携手走向辉煌。

合作，让我们变得更强；

合作，让梦想照进现实。

让我们携手合作，

共同书写美好的篇章。

加 油

在人生的道路上,我们都需要加油。

面对挑战和困难,加油是一种力量。

为了梦想和目标,加油是一种信念。

无论前方有多少荆棘,我们都要加油向前。

加油,不是口号,而是行动。

用努力和汗水,浇灌希望的种子。

用坚持和毅力,开启成功的大门。

加油,不是一时的冲动,而是持续的奋斗。

在失败中崛起,在挫折中成长。

加油,让我们充满激情,释放无限的潜能。

让我们相互鼓励,一起为梦想加油。

加油,让我们勇往直前,创造属于自己的辉煌。

机 会

机会，像风一样自由，
稍纵即逝，难以捉摸。
它藏在每一个角落，
等待着有心人的发现。

机会，是命运的礼物，
给予我们希望和勇气。
但它也需要我们去争取，
用努力和汗水换取。

机会，如同黎明前的黑暗，
熬过了，便是光明。
它让我们成长，让我们坚强，
让我们懂得珍惜。

机会，不是偶然的巧合，

而是必然的结果。

只有准备好的人，

才能抓住那瞬间的光芒。

所以，不要等待机会的降临，

而是主动去寻找，去创造。

用梦想点燃希望，

用行动迎接未来。

企业家

（一）

在市场的浪潮中，

他们是勇敢的舵手。

驾驭着企业的航船，

驶向未知的彼岸。

他们有着敏锐的洞察力，

捕捉着商机的每一个瞬间。

用创新的思维，

开拓着新的领域和空间。

他们承受着压力和风险，

却从不退缩或抱怨。

用坚持和努力，

书写着成功的篇章和传奇。

他们是经济的推动者,

也是社会的贡献者。

用智慧和勇气,

创造着财富和价值。

让我们向企业家们致敬,

为他们的拼搏和奋斗鼓掌。

愿他们的梦想,

在时代的洪流中继续远航。

(二)

在时代的浪潮中破浪前行,

他们是勇敢的探险家。

驾驶着企业的帆船,

驶向共同富裕的彼岸。

他们拥有敏锐的眼光和智慧,

捕捉商机,创造财富。

以创新为动力,开拓未来,

为社会带来繁荣和进步。

他们不仅追求自身的成功,
更肩负着社会的责任和使命。
先富起来,成为榜样,
带领大家走向共同富裕的道路。

他们关心员工的成长与幸福,
提供机会,共同发展。
用爱心和担当,
为社会创造更多的机会和福利。

他们是梦想的追逐者,
也是共同富裕的引领者。
在他们的努力下,
富裕的阳光将照耀每一个人。
共同携手,实现共同富裕的伟大目标。

知足常乐

知足的心,似明镜般清澈,
常乐的情,如微风般柔和。
不奢求荣华富贵,
只珍惜眼前所有。

清晨的阳光,温暖着脸庞,
清新的空气,滋润着心房。
感受大自然的恩赐,
心中充满了宁静和安详。

与家人相伴,分享欢笑,
与朋友相聚,畅谈梦想。
真挚的情感,如同明灯,
照亮人生的旅途和方向。

生活中的点滴,都是财富,

每一个瞬间,都值得珍藏。
不为外物所扰,不为烦恼所困,
心中常存感恩,快乐自然流淌。

知足常乐,是一种境界,
让心灵在宁静中得到安放。
珍惜拥有的一切,
让幸福之花永远绽放。

十二生肖

鼠，机智灵巧的精灵，
在深夜中穿梭，开启新篇。
相传竞赛中，它跃上牛背，
率先到达，成为首位生肖。

牛，勤劳踏实的楷模，
默默耕耘，背负希望与力量。
故事里，它与鼠结伴而行，
凭借坚韧，赢得赞誉和生肖之位。

虎，威猛雄壮的山林之王，
呼啸风中，尽显霸者风范。
传说它曾帮助神农除害，
勇猛无畏，获封生肖。

兔，敏捷灵动的代表，

第三章 闲谈

跳跃在草丛，带来春的气息。

月宫捣药的身影，流传千古，

善良温和，成为生肖一员。

龙，神秘而庄严的象征，

翱翔九天，传递祥瑞力量。

神话中，它呼风唤雨，

鳞爪飞扬，位列生肖。

蛇，柔韧智慧的使者，

蜿蜒前行，探索未知领域。

白蛇传的故事，家喻户晓，

情感真挚，诠释蛇的魅力。

马，奔腾驰骋的骏马，

草原上追逐自由的梦想。

伯乐与千里马的传说，

展现其勇猛与忠诚。

羊，温和善良的象征，

咩咩叫声传递温暖与友爱。

小羊羔跪乳的典故,

感恩之情,令人动容。

猴,机智聪明的灵长,

跳跃树枝间,活力四溢。

孙悟空的传奇,人人皆知,

机智勇敢,成为猴的典范。

鸡,黎明前的歌唱家,

用歌声唤醒沉睡的世界。

金鸡报晓,勤奋的象征,

守时守信,名留生肖。

狗,忠诚可靠的伙伴,

守护家园,传递无尽温暖。

义犬救主的故事,感人至深,

忠诚之名,成就狗的生肖。

猪,圆润可爱的形象,

享受生活简单与快乐。

八戒的形象，深入人心，

乐观豁达，增添猪的魅力。

十二生肖，故事多彩斑斓，

传承中华文化的瑰宝。

每个生肖，独特魅力闪耀，

共同构筑缤纷的生肖世界。

着 装

着装,不仅是身体的装饰,

更是态度与心境的映射。

它承载着我们的个性、情感,

展现出我们的精神风貌。

着装,是一种无声的表达,

向世界展示真实的自我。

或优雅,或豪放,

每一种风格都有其独特的魅力。

它可以成为自信的武装,

在人群中独树一帜。

也可以是心灵的庇护所,

给予我们安全感和舒适。

着装,超越了外在的形式,

与内心的世界相连接。

它反映了我们的价值观,
体现出对生活的追求。
通过着装,我们与他人交流,
传递着信息和情感。
不同的色彩、款式、材质,
讲述着各自的故事和意义。

着装,是艺术与文化的融合,
反映时代的潮流与风尚。
它记录了历史的变迁,
见证了社会的发展。

然而,着装并非仅仅关于外表,
更是对内在的尊重和呵护。
选择适合自己的衣着,
是对自我认知的一种体现。

让我们,用服饰诠释自己的人生。
在每一个细节中展现品位,
让着装成为心灵的窗户。

财　富

财富,如繁星闪耀在夜空中,

璀璨夺目,令人心驰神往。

它是物质的丰盈,也是精神的富足,

是人生追求的永恒目标。

财富,是辛勤努力的果实,

是智慧与汗水的结晶。

它不是天上掉下的馅饼,

而是拼搏奋斗的奖赏。

真正的财富,不仅仅是金钱的堆积,

更是健康、快乐和亲情的拥有。

是内心的满足,是人际关系的和谐,

是对生命的热爱与追求。

让我们珍惜每一份财富,

用它创造美好,传递爱心。

第四章

爱　情

爱情，如绚烂的彩虹，横跨在心灵的天空。

色彩斑斓，美丽如梦，让世界充满了温暖和感动。

爱情，是两颗心的相拥，是目光交汇时的心动。

无须言语，默契相通，在彼此的怀抱中找到安宁。

爱情，是风中的花香，弥漫在生活的每一个角落。

温柔细腻，如诗如画，让平凡的日子变得浪漫如歌。

爱情，经历岁月的考验，在风雨中更加坚定。

相互扶持，不离不弃，共同谱写人生的美好旋律。

爱情，是一种无私的奉献，是心灵深处的炽热火焰。

为了爱，付出一切无怨无悔，只为让对方幸福快乐。

爱情，如同璀璨的星辰，照亮我们前行的道路。

手牵手，心贴心，一起走过人生的旅途。

爱情，是永恒的主题，在岁月中绽放光芒。

无论何时何地，爱情永远是最美的风景。

爱的旋律

在时光的琴弦上,

弹奏出爱的旋律。

音符跳跃,情感流淌,

奏响心灵的共鸣。

爱是清晨的第一缕阳光,

温暖着彼此的心房。

爱是盛开的花朵,

散发着迷人的芬芳。

爱是默默的陪伴,

共享人生的喜怒哀乐。

爱是深情的眼眸,

传递着无尽的温柔。

爱的色彩

爱是一抹绚烂的色彩，

点亮生命的画卷。

红色的激情，如火焰燃烧，

橙色的温暖，驱散寒冷的阴霾。

黄色的明亮，照亮希望之路，

绿色的生机，孕育着未来。

蓝色的深邃，如同浩瀚的海洋，

紫色的浪漫，编织梦幻的篇章。

爱的色彩如此斑斓，

绘出美好的画卷。

爱的力量

爱是一种神奇的力量,

让心灵相通,永不分离。

它能跨越山河的阻隔,

让两颗心紧紧相依。

爱是宽容与理解的源泉,

化解矛盾,孕育和谐。

它能战胜困难与挫折,

让爱情之花永不凋谢。

爱的力量无穷无尽,

点燃生命的激情与梦想。

在爱的怀抱中,

我们勇敢前行,飞向远方。

爱的旅程

爱是一场美丽的旅程,

与你携手走过风雨。

每一个瞬间,

都是珍贵的记忆;

每一次相拥,

都是心灵的触动。

路途或许崎岖,

但爱永不放弃,

共同面对生活的挑战与起伏。

在爱的旅途中,

我们相互成长,

共同追求幸福的彼岸,

创造属于我们的爱的传奇。

爱的容颜

爱是你微笑的容颜,

如春风拂过心田。

眼神中流露出的温柔,

让我沉醉在爱的海洋。

岁月或许会在脸上刻下痕迹,

但爱的美丽永远不变。

在我眼中,你是最美的风景,

爱的容颜,永远绽放光芒。

无论时光如何流转,

爱的容颜,永不褪色。

暗恋情诗

我在角落里默默观察,

你的笑容如阳光般灿烂。

心中的情感,似潮水涌动,

却不敢轻易表露出来。

目光交汇的瞬间,心怦怦跳,

脸上泛起羞涩的红潮。

偷偷地喜欢,默默地关注,

这份情感,只属于我自己。

你的一举一动,牵动我的心弦,

每一个细节,都在心中盘旋。

暗恋情深,如诗如画,

悄悄绽放,不为人知的花。

或许永远不会有结果,

但这份暗恋,是我心中的歌。

默默祝福,你能幸福快乐,

这就是我,最真挚的心愿。

爱的静默

在喧嚣的世界里寻找宁静,
爱的静默,如深夜的星空。
不需要言语,只用心感受,
那份默契,是最美的沟通。

目光交汇的刹那,心灵相通,
微笑中蕴含着千言万语。
手牵手走过的时光,
宁静而美好,
爱的力量,在静默中传递。

不喧嚣,不张扬,
爱如此深沉,像风中的花香,
淡淡地飘散。
在静默中,我们倾听彼此的心声,
用眼神表达,最真挚的情感。

爱的隐喻

如同夜空中闪烁的星星,

我们的爱是默默的守望。

虽不张扬,却坚定而明亮,

在心底绽放出温暖的光芒。

像风中轻轻摇曳的花朵,

我们的爱是细腻的情感。

不浓烈,却芬芳满园,

在岁月中散发出淡雅的香。

爱是一首未说出的诗,

用眼神和微笑传递情意。

隐喻的词句,含蓄而深沉,

只有彼此能读懂的密码。

爱的藏头诗

在字里行间隐藏我的情感,
用藏头诗诉说心底的诗篇。
每一个字都是爱的密码,
只有你能解开这其中的谜团。

看似平淡的句子里,
蕴含着我深深的情意。
藏头的智慧,是爱的游戏,
期待你能领悟这其中的意义。

不直接表白,却更有韵味,
让爱的诗意在你心中蔓延。
藏头诗是我独特的方式,
表达那份含蓄而珍贵的爱恋。

爱的素描

用铅笔轻轻勾勒出你的轮廓,
在纸上描绘爱的印象。
线条交错,阴影与明亮,
捕捉你的独特,细腻的模样。

不追求完美的色彩渲染,
只用素描展现真实的情感。
含蓄的表达,如同淡淡的墨香,
在画卷中透露出爱的温暖。

每一笔都是思念的痕迹,
每一画都是心灵的触动。
爱的素描,是我内心的倾诉,
默默地传递,那份真挚的情衷。

爱的相思

在时光的长河中徘徊,

相思如潮水般涌上心头。

回忆的影像在脑海闪现,

那份深情,永远难以割舍。

目光穿越时空的界限,

追寻着你的身影。

思念的绳索紧紧缠绕,

心中的眷恋,越发浓烈。

长夜漫漫,寂寞伴我入眠,

梦中与你相拥,感受温柔。

醒来却只剩下无尽的空虚,

相思的泪水,浸湿了枕边。

岁月流转,情依旧深沉,

相思的痛苦，如影随形。

期待着重逢的那一刻，

让爱再次点燃，永不熄灭。

愿这份相思化作永恒的星辰，

在天空中闪耀，永不坠落。

爱的誓言

在时光的长河中,

无论风雨如何飘摇,

手牵手,心贴心,

共同走过岁月的痕迹。

分享欢笑,分担忧愁,

相伴一生,不离不弃。

爱是永恒的承诺,是心灵的契合。

用温柔和关爱编织生活,

让幸福之花永远绽放。

眼眸里的深情,化作无尽的温暖。

相互扶持,相互陪伴,

直到岁月的尽头。

爱的誓言,如星辰闪耀,

照亮我们前行的方向。

不离不弃,相守一生,

这誓言,永不磨灭。

第五章

闲 话

闲坐庭院，品茗闲话，

微风拂面，时光悠然。

谈天说地，笑语欢声，

心情舒畅，似云卷云舒。

聊聊生活的琐碎，分享彼此的故事。

倾听心灵的声音，感受真挚的情感。

闲话中，我们相互理解，

心灵的距离渐渐拉近。

不拘泥于形式，享受这份轻松与自在。

在闲话的世界里，

思绪纷飞，自由翱翔。

忘却烦恼，重拾宁静，

让心灵得到片刻休憩。

闲话，如诗如画，勾勒出生活的美好。

在喧嚣的世界中，守住一份宁静与淡泊。

跳　槽

在人生的舞台上，

跳槽是一次华丽的转身。

离开熟悉的领域，

探索未知的天地。

跳槽，是对梦想的追求，

是对自我价值的重新定义。

不再满足于现状，

勇敢迈出新的一步。

辞职信上，落下坚定的笔触，

告别过去，迎接未来。

新的环境，新的挑战，

心中怀揣着希望与憧憬。

坚 强

在风雨中挺立,
在困境中不屈。
坚强,是心灵的盾牌,
守护着梦想的火苗。

泪水拌饭,也要咽下去,
痛苦袭来,咬牙挺过去。
坚强,是一种力量,
让我们超越自我。

道路崎岖,脚步依然坚定,
风云变幻,信念永不动摇。
坚强,是一种勇气,
让我们勇往直前。

生活的磨砺,铸就坚强的意志,

岁月的沧桑，刻画坚韧的面容。
坚强，是一种品质，
让我们绽放生命的光芒。

无论多么黑暗，心中有光；
无论多么艰难，坚强不屈。
用坚强书写人生的华章，
让坚强成为灵魂的底色。

奋 斗

在梦想的道路上,

奋斗是永恒的旋律。

每一步都充满艰辛,

但我们绝不放弃。

奋斗,是对目标的执着追求,

是对未来的坚定信念。

无论风雨如何,

我们都奋力向前。

汗水湿透了背脊,

坚持点燃了希望。

奋斗的火焰燃烧心中,

照亮前方的黑暗。

获 奖

在聚光灯下,笑容绽放,

获奖的瞬间,心花怒放。

辛勤的努力,终于得到认可,

荣耀的光辉,照亮了未来的路。

手中的奖杯,沉甸甸的喜悦,

眼中的泪水,是感动的流露。

一路的坚持,此刻化作甘甜,

梦想的翅膀,在风中翱翔。

获奖,是对努力的回报,

是对汗水的犒赏。

每一份付出,都有了价值,

每一次奋斗,都有了意义。

成　功

（一）

成功是一场漫长的征途，

充满了汗水和坚持的足迹。

它不是偶然的幸运，

而是努力与奋斗的结晶。

成功是攀登高峰的勇气，

面对挑战，永不退缩。

每一步都需要努力，

每一次都追求突破。

成功是梦想的实现，

是心灵的满足。

它不是物质的堆积，

而是内心的丰盈。

成功是不断超越自我,

不断挑战极限。

在追求卓越的道路上,

永不停息地前行。

成功属于那些有信念的人,

属于那些敢于追梦的灵魂。

无论路途多么崎岖,

他们永不放弃。

成功并非终点,而是新的起点,

继续追逐更高的目标。

用成功的光芒,照亮未来的路,

让成功的故事,激励更多的人。

(二)

成功是一场孤独的旅行,

寂寞的路上,只有梦想相伴。

穿越迷雾,越过荆棘,

向着目标,坚定地前行。

成功是一次勇敢的跳跃,

离开舒适区,挑战未知的高度。

不惧风险,不怕失败,

用勇气和决心,开启新的征程。

成功是一颗璀璨的星辰,

在黑暗中闪耀,引领我们前行。

努力追逐,不断超越,

让辉煌的光芒,照亮整个世界。

成功是一种内心的满足,

付出的汗水,换来的是甘甜。

坚持到底,永不放弃,

收获的喜悦,是无法言表的。

成功不是终点,而是新的起点,

继续奋斗,追求更高的目标。

用成功的力量,创造更美好的未来,

让成功的故事,永远流传下去。

(三)

成功是一座高山,

需要努力去攀登。

每一步都充满挑战,

但山顶的风景让人憧憬。

成功是一条河流,

需要勇气去跨越。

水流湍急波涛汹涌,

但彼岸的光明让人向往。

成功是一片天空,

需要信念去飞翔。

风云变幻路途遥远,

但翱翔的自由让人追求。

成功不是偶然的机遇,

而是坚持不懈的奋斗。

付出汗水和努力,

才能收获辉煌的成就。

成功不是终点的荣耀，
而是起点的动力。
不断超越自我，
追求更高更远的目标。

在成功的道路上，
我们勇敢前行。
无论遇到多少困难，
都永不放弃。

因为成功属于那些，
怀揣梦想的人。
他们用努力和智慧，
书写着属于自己的传奇。